THÉÂTRE DE LA MONTANSIER.

(PALAIS-ROYAL.)

L'ANGE DE MA TANTE

COMÉDIE-VAUDEVILLE EN UN ACTE

PAR MM. LAJARIETTE ET DELACOUR

Représentée pour la première fois, à Paris, sur le théâtre de la MONTANSIER
(Palais-Royal), le 30 Mai 1848.

Prix : 50 centimes.

PARIS

BECK, ÉDITEUR

RUE GIT-LE-COEUR, 12

TRESSE, successeur de J.-N. BARBA, Palais-Royal.

1848

L'ANGE DE MA TANTE

COMÉDIE – VAUDEVILLE EN UN ACTE,

PAR MM. LAJARIETTE ET DELACOUR, (Jules)

Représentée pour la première fois, à Paris, sur le théâtre de la MONTANSIER (Palais-Royal),
le 30 Mai 1848.

PERSONNAGES.	ACTEURS.
GABRIEL SÉRAPHIN...............................	MM. Luguet.
EMILE DARBOIS...	Seguin.
JACQUES.....,...	Lacourière.
JULIETTE...	Mmes Scriwaneck.
MADAME DALBY...	Juliette Pelletier.

La scène se passe chez madame Dalby. — Le théâtre représente un parc. — A gauche, un pan de mur au pied duquel est un banc de gazon avec un arbre, une charmille derrière l'arbre. — A droite, un pavillon de plain-pied avec la scène.

SCÈNE PREMIERE.

MADAME DALBY, JULIETTE, *en costume de couvent*.

MADAME DALBY, *entrant par la droite et se retournant vers la coulisse*.

Eh bien ! Juliette, c'est ainsi que tu m'accompagnes dans ma promenade...

JULIETTE, *entrant lentement*.

Vous marchez si vite, ma tante...

MADAME DALBY.

Je ne sais, mais je te trouve soucieuse... t'ennuierais-tu déjà ?

JULIETTE.

Avec vous... oh ! pas du tout.

MADAME DALBY.

Je te l'ai dit : J'ai besoin de ta gaieté pour me distraire... En venant dans ce château où je dois me renfermer pendant une année, je savais que j'allais me condamner à beaucoup d'ennui... car j'aime Paris, et je le regrette.

JULIETTE.

Pourquoi le quitter alors ? qui a pu vous contraindre, vous, riche, veuve, et par conséquent, maîtresse de vos actions ?..

MADAME DALBY.

Qui ?.. (*Soupirant.*) Le devoir... les convenances... ces deux tyrans de la vie des femmes que plus tard tu connaîtras à ton tour... et j'ai compté sur toi pour dissiper ma tristesse...voilà pourquoi, ce matin, je t'ai envoyé chercher au couvent où tu as été élevée, et que sans cela tu ne devais quitter qu'un peu plus tard.

D., J.

JULIETTE.

Bonne tante !

MADAME DALBY.

Mais je ne te trouve plus la même... autrefois, tu riais, tu chantais constamment, et c'était naturel... heureuse comme on l'est à ton âge... sans soucis du passé, sans préoccupation de l'avenir... aujourd'hui tu es distraite, pensive... tu ne souffres pas au moins...

JULIETTE.

Je ne crois pas.

MADAME DALBY.

Tu n'es pas malade ?

JULIETTE.

Je ne sais pas.

MADAME DALBY.

Comment ?

JULIETTE.

Madame la supérieure assurait bien que je l'étais, parce que je ne mangeais ni ne dormais plus, mais je crois qu'elle se trompait, car ce que j'éprouve est plutôt du bonheur que de la souffrance...

MADAME DALBY.

Je ne te comprends pas... explique-toi.

JULIETTE.

Je ne vous promets pas d'être bien claire, mais enfin voici ce que c'est.. ça date d'il y a trois mois à peu près... on décorait la chapelle du couvent, lorsqu'un soir, pendant la prière, j'aperçus derrière le maître-autel, une figure de jeune homme...

MADAME DALBY, *vivement*.

De jeune homme !..

Ytb 172

JULIETTE.

Ou plutôt non.., ce n'était pas un jeune
homme... mais un ange !.. il me regardait avec
une expression si douce,.. si douce... que je sen-
tis mon cœur se troubler... je baissai les yeux...
quand je les relevai il n'était plus là...

MADAME DALBY.

C'était une vision !

JULIETTE.

Ce n'est pas tout... deux jours après, la décora-
tion de la chapelle était terminée... ces deux jours
m'avaient paru un siècle... on découvrit le tableau qui orne le maître-autel, et qui représente
l'archange saint Michel terrassant le démon... Je
regarde... savez-vous ce que je vois ?.. la même
figure qui m'était apparue déjà.

MADAME DALBY, souriant.

Ah ! l'ange !

JULIETTE.

Il était là sur la toile, avec la même expression...
le même regard... dès lors, comprenant qu'un tel
sentiment n'avait rien de coupable, je n'eus d'autre pensée que la sienne... Je demeurais des heu-
res entières à le contempler... à l'adorer... et depuis...

Air : *Enfants de la même chaumière* (d'Aristide
Latour.)

A lui j'appartiens toute entière,
C'est mon ange gardien,
Mon guide, mon soutien.
C'est lui que, dans chaque prière,
J'invoque en soupirant,
Quelquefois en pleurant.
Le soir, à mes côtés, il veille
Tout prêt à défendre mes jours;
Et quand, le matin, je m'éveille,
C'est lui que je revois toujours;
Oui, le matin, quand je m'éveille,
Je le revois toujours,
Lui, mes seules amours.

MADAME DALBY.

Quelle singulière histoire tu me débites là.

JULIETTE.

Oui, ma tante, c'est ce qui me rend rêveuse...
ce qui fait qu'au couvent on me croyait malade...
mais je ne le suis pas, n'est-ce pas ?

MADAME DALBY.

Non... d'ailleurs, la campagne te guérira.

JULIETTE.

Puisque je reste avec vous, je vais aller quitter
ce vilain costume...

MADAME DALBY.

Soit !

ENSEMBLE.

Air de la *Royal-Polka.*

MADAME DALBY.

Je ris de ta folie,
C'est fort divertissant;

Mais cette histoire si jolie,
N'est, mon enfant.
Entre nous, qu'un conte charmant,
Et qui m'amuse infiniment.

JULIETTE.

Riez de ma folie,
Mais on dit, au couvent,
Que chacun a, dans cette vie,
En bien priant,
Un bon ange qui le défend
Et le protége à chaque instant.

(*Elle sort par la gauche.*)

SCÈNE II.

MADAME DALBY, puis JACQUES.

MADAME DALBY.

Naïve enfant !.. le mal n'est pas grand encore...
et tant qu'elle ne pensera qu'à son bon ange...
Ah! te voilà, Jacques.

JACQUES, entrant.

Vous avez à me parler, Madame ?

MADAME DALBY.

Écoute... En me promenant hier dans le parc,
il m'a semblé voir du côté de la grille, un jeune
homme...

JACQUES.

Ah ! je sais ce que c'est... un bon joli jeune
homme, ma foi... une vrai figure de chérubin...
c'est un locataire à moi... un... attendez donc...
comment qu'il m'a dit ça... un *artisse*... qu'est
venu me demander l'hospitalité pour prendre des
vues dans le pays... et j'ai pas cru devoir lui re-
fuser... « Jeune homme, que je lui ai dit tout de
suite, installez-vous... » Dame !... avec une figure
comme la sienne, on n'a qu'à se présenter... Et
puis, voyez-vous, y a dans le pays, en ce moment, un tas de mauvais sujets..... des incen-
diaires...

MADAME DALBY.

Oui, je sais que nous ne sommes pas très en
sûreté.

JACQUES.

Et un homme de plus à la ferme, ça ne peut
pas nuire... au besoin, c'est un défenseur.

MADAME DALBY.

N'importe... Maintenant que me voici au château, je tiens à ce que tu ne gardes pas ce jeune
homme plus longtemps.

JACQUES.

Ah ! du moment qu'il peut vous être agréable
qu'il s'en aille, il partira.

MADAME DALBY.

Bien ! Tâche d'y mettre le plus d'égards possible.

JACQUES.

Soyez tranquille. (*Jacques sort par la gauche.*)

SCÈNE III.

MADAME DALBY.

Ma retraite doit être absolue... en butte à la malveillance d'un homme qui ne manquerait pas de donner à ce voisinage d'un inconnu une interprétation fâcheuse, je ne saurais m'entourer de trop de précautions... Restée veuve à vingt ans, je me trouve héritière d'une fortune considérable, mais à la condition de ne me remarier qu'après cinq ans de veuvage... sans cela cette fortune revient à un parent éloigné de mon mari, un nommé Darmont, que je connais à peine... Depuis quatre ans, il ne me poursuive de calomnies dont il ne me poursuive, espérant ainsi me forcer à prendre un défenseur.... un mari.... ce défenseur... je l'ai bien trouvé... mais je ne veux l'épouser que dans un an... je ne me sens pas d'humeur à perdre une aussi brillante fortune, surtout au profit de mon plus ardent ennemi... et c'est pour cela que je me suis réfugiée dans ce château, où j'attendrai un an encore.

SCÈNE IV.
MADAME DALBY, ÉMILE *.

MADAME DALBY.

Vous ici, Émile !

ÉMILE.

Ma place n'est-elle pas près de vous ?..

MADAME DALBY.

Vous m'avez suivie quand je vous suppliais de ne pas le faire...

ÉMILE.

Que voulez-vous dire ?

MADAME DALBY.

Ma lettre ne vous a-t-elle pas appris ?...

ÉMILE.

Votre lettre... je ne l'ai point reçue... absent de Paris depuis quelques jours, je n'y suis rentré que ce matin, et, je vous l'avoue, mon premier mouvement en arrivant.. a été de courir à votre hôtel. Vous étiez partie... partie tout à coup, m'a-t-on dit... et sans plus d'information je suis venu vous demander le motif de ce brusque départ...

MADAME DALBY, allant s'asseoir sur le banc à gauche **.

Vous reveniez à Paris, et j'ai cru devoir le quitter.

ÉMILE.

Vous avez donc cessé de m'aimer ?...

MADAME DALBY.

Non, mais votre retour allait réveiller ces propos... ces médisances dont je n'ai déjà eu que trop à souffrir.

ÉMILE.

Je les aurais fait taire...

* E., D.
** D., E.

MADAME DALBY.

Oui, je le sais... en provoquant Darmont... vingt fois déjà vous avez été sur le point de le faire... et c'est précisément là ce que je veux éviter.

ÉMILE.

Mais alors, Marie, pourquoi ne pas renoncer à cette fortune qui retarde notre bonheur ?..

MADAME DALBY.

Un an de patience encore, mon ami, croyez-moi, la fortune ne gâte rien; d'ailleurs, je dois respecter le dernier désir de M. Dalby... j'y suis donc décidée, j'attendrai... je passerai un an dans ce château... avec ma nièce... une jeune fille charmante, que vous connaîtrez plus tard... vous, Émile... vous continuerez à vivre à Paris, dans ce monde où vous m'avez connue... et dans un an... (Lui tendant la main.) dans un an, je deviendrai votre femme.

ÉMILE.

Un an... loin de vous !..

MADAME DABLY.

Il le faut !

ÉMILE.

Mais, c'est impossible !.. vous ne savez donc pas combien je vous aime ! (Il s'est mis à genoux et lui embrasse les mains.)

MADAME DALBY, vivement.

Relevez-vous !.. si l'on vous voyait... Ciel ! Juliette dans cette allée !.. (Joignant les mains et suppliant.) Émile, cachez-vous, je vous en supplie.

ENSEMBLE.

Air : Adieu donc, au revoir. (Hospitalité d'une grisette.)

Conservons en ce jour
Une extrême prudence
Puisque la médisance
Veut troubler notre amour.

(Pendant l'ensemble, il ont gagné une charmille, Émile baise les mains de madame Dalby et disparaît.)

SCÈNE V.

MADAME DALBY, JULIETTE *.

JULIETTE, entre en courant, examine à droite, à gauche et ne trouvant personne que sa tante, elle la regarde avec étonnement.

Où est-il ?

MADAME DALBY.

Qui ?

JULIETTE.

J'étais loin, mais je l'ai très bien vu... à vos genoux.

* J., D.

MADAME DALBY, *à part*.

Imprudente ! que dire ?...

JULIETTE.

Que c'était gentil... je suis sûre que vous vous disiez des choses charmantes.

MADAME DALBY.

Tu es folle !..

JULIETTE.

Vous lui parliez en joignant les mains... (*Elle joint les mains.*) comme moi, quand je priais mon bon ange... vous savez bien, ma tante... le tableau du maître-autel...

MADAME DALBY, *à part*.

Oh ! quelle idée !

JULIETTE, *prenant une attitude suppliante*.

Vous faisiez comme ça...

MADAME DALBY.

Tu as donc tout vu ?..

JULIETTE.

Comme je vous vois.

MADAME DALBY, *reprenant de l'assurance*.

Eh bien ! qu'est-ce qui t'étonne ?.. j'ai un bon ange aussi, moi !

JULIETTE.

Vraiment !..

MADAME DALBY.

Et c'est lui qui est venu me visiter.

JULIETTE.

Bah ! il vient vous voir ?..

MADAME DALBY.

Mais oui.

JULIETTE.

Vous êtes bien heureuse... le mien ne vient pas... pourquoi donc, ma tante?

MADAME DALBY.

Que sais-je !.. peut-être parce que tu ne le pries pas avec assez de ferveur...

JULIETTE.

Ah ! c'est donc en le priant que vous le faites venir ?

MADAME DALBY.

Sans doute.

JULIETTE.

C'est aussi quand vous le priez qu'il se met à vos genoux... qu'il vous embrasse les mains.

MADAME DALBY.

Certainement.

JULIETTE.

Vous m'apprendrez la manière de prier... ça doit être bien doux le baiser... d'un ange... (*Vivement montrant la charmille à gauche.*) Chut !.. vous n'entendez pas ?..

MADAME DALBY.

Quoi donc?

JULIETTE.

Il est là...

MADAME DALBY, *effrayée, à part*.

Ah ! mon Dieu !

JULIETTE.

Derrière cette charmille... on approche... c'est lui..... non..... tiens!.... ce n'est que Jacques !

SCENE VI.

LES MÊMES, JACQUES *. (*Pendant tout la scène madame Dalby est préoccupée ; Juliette va à droite. s'arrête aux pieds de chaque arbre priant, etc..*)

JACQUES.

Oui, Mam'selle, c'est moi... Vous êtes obéie, Madame, et grâce au Ciel...

MADAME DALBY.

Que veux-tu dire ?

JACQUES.

J'ai congédié l'artisse qu'est pas un artisse... c'est un incendiaire... tout à l'heure, en rentrant à la ferme, je lui dis avec douceur, comme je vous l'avais promis... (*Brusquement.*) Faut vous en aller tout de suite... ou je vous mets dehors... Il se pressait pas de partir, quand tout à coup il aperçoit des gendarmes qui parcouraient la campagne à cause d'un tas de malfaiteurs qui rôdent dans le pays.

MADAME DALBY.

Eh bien !.. après ?..

JACQUES.

Alors... il a pris ses jambes à son cou... et il s'est sauvé en me criant : Ne me perdez pas... ne dites pas que vous m'avez vu...

MADAME DALBY.

C'est singulier, en effet.

JACQUES.

Ah mais ! ne craignez rien... j'ai envoyé au village chercher du renfort... le garde-champêtre va venir, et nous allons faire une battue.

MADAME DALBY, *vivement*.

Une battue... (*A part.*) Si l'on allait voir Emile!.. (*Haut.*) C'est inutile !

JACQUES.

Pierre est déjà parti.

MADAME DALBY,

Il faut courir le rejoindre... viens... Jacques... je vais envoyer moi-même... toi, Juliette, rentre tout de suite au château.

JULIETTE.

Oui, ma tante.

ENSEMBLE.

Air : *le Dieu des Flibustiers.* (Sirène.)

MADAME DALBY.

Cachons à tous les yeux
Le trouble qui m'agite ;
Mais empêchons bien vite
Qu'on accoure en ces lieux.

˙ Jul., D., J.

JACQUES.

Pourra-t-on, c'est douteux,
Le rejoindre assez vite
Pour empêcher de suite
D'accourir en ces lieux.

JULIETTE.

Cachons à tous les yeux
Ce que mon cœur médite
Loin de rentrer bien vite,
Demeurons en ces lieux.

(Jacques et Madame Dalby sortent par la gauche.)

SCENE VII.

JULIETTE.

Rentrer au château... oh! non... que ma tante
e st heureuse d'avoir assez de ferveur... je les
vois encore... tous deux... c'était charmant... Oh!
le mien ne vient pas ainsi... après ça... au couvent... seul, au milieu de nous toutes, il aurait
peut-être eu peur... mais ici... Au fait, essayons...
*(Elle va pour s'agenouiller devant le banc de ga-
zon.)* Jamais je ne fus mieux disposée pour la
prière... *(Se relevant.)* Je ne sais ce que j'éprouve... c'est la première fois que la prière me pro-
duit cet effet-là. *(Se remettant à genoux.)* Allons,
du courage...

Air de l'*Invocation de l'Almanach liégeois.*

Bon ange, en qui j'espère,
Je m'adresse à toi!
Ecoute ma prière,
Descends près de moi!
Parais quand je t'appelle;
Tu vois ma ferveur!
Parais, et sous ton aile,
Abrite mon cœur!

GABRIEL, *paraissant à gauche sur le mur.*
Ils m'ont perdu de vue!

JULIETTE, *poussant un cri.*
Ah!..

GABRIEL, *l'apercevant.*
Ah!..

ENSEMBLE.

JULIETTE.

Il vient, quand je l'appelle!
Grâce à ma ferveur,
Il vient, et, sous son aile,
Abrite mon cœur.

GABRIEL.

Descendons près d'elle...
Et plus de frayeur!
Pourquoi prie-t-elle
Avec tant d'ardeur?

JULIETTE, *à genoux, la tête baissée.*
Merci!.. *(Il s'incline et lui rend son salut avec
cérémonie.)*

GABRIEL, *étonné.*
Merci!

JULIETTE.
C'est bien gentil à vous d'être venu.

GABRIEL, *avec étonnement.*
Ah!.. vous trouvez...

JULIETTE, *se levant.*
Je n'osais pas y compter... mais je l'espérais...

GABRIEL.
Vous m'attendiez donc...

JULIETTE.
Sans doute... *(Elle tourne autour de lui et regarde s'il a des ailes.)* Mais comment êtes-vous
venu ? *(A part.)* Il n'a pas... *(Elle fait signe d'a-
voir des ailes.)*

GABRIEL.
Comment je suis venu?.. venu d'où?..

JULIETTE.
De là-haut!.. *(Elle indique dans la direction
du mur.)*

GABRIEL.
Eh bien... je suis... descendu...

JULIETTE.
Ah!.. sur un nuage!

GABRIEL, *à part, très étonné.*
Sur un nuage!

JULIETTE.
Vous avez donc entendu ma prière?..

GABRIEL, *avec hésitation.*
Certainement... *(A part.)* Si j'y comprends un
mot par exemple...

JULIETTE.
Au couvent, je n'avais pas besoin de vous invo-
quer... je vous voyais sans ça... le soir... à la chapelle.

GABRIEL.
Derrière le maître-autel?..

JULIETTE.
Oui.

GABRIEL, *avec satisfaction, à lui-même.*
Ah! j'y suis.

JULIETTE.
Maintenant, vous ne me quitterez plus...

GABRIEL.
Jamais.

JULIETTE.
Vous veillerez sur moi... puisque vous en avez
reçu la mission.

GABRIEL, *ne comprenant plus.*
Ah! j'en ai reçu la... *(A part.)* Je n'y suis
plus...

JULIETTE.
C'est votre devoir... un ange...

GABRIEL, *à part.*
Un ange!... Ah! elle me prend pour un... ça
m'apprendra à poser pour les chérubins... joli rôle
que je vais jouer là!

* J. G.

JULLIETTE, *allant s'asseoir sur le banc à gauche.*

Venez vous asseoir à mon côté...

GABRIEL, *à part.*

Tiens ! mais il s'annonce d'une manière assez agréable. Allons nous asseoir.

JULIETTE, *à part.*

Comme ma tante !... (*Après un instant de silence.*) Eh bien !... c'est là tout ce que vous me dites... Oh ! l'ange de ma tante est plus aimable que vous.

GABRIEL.

Ah! votre tante a aussi un ange...

JULIETTE.

Mais oui... qui vient la visiter quand elle le prie.

GABRIEL, *à part.*

Ça se complique.

JULIETTE.

Et qui lui dit les choses les plus jolies.. Voyons.. faites comme lui... parlez-moi... mettez-vous à genoux...

GABRIEL.

Ah ! il faut se mettre à genoux...

JULIETTE.

Sans doute.

JULIETTE.

Air de *Nina la gondolière.*

Votre crainte m'étonne !
Un mortel, je soupçonne,
Déjà, sans que j'ordonne,
Serait à mes genoux!

GABRIEL, *à genoux.*

Est-ce bien ?

JULIETTE.

Pas encore !
Que votre voix m'implore !
L'ange que ma tante adore
Est bien mieux instruit que vous ! } *bis.*

GABRIEL, *qui s'est levé sur le bis,* à part.

Il paraît que l'autre est un gaillard!

JULIETTE.

Dites-moi que vous m'aimez!...

GABRIEL, *à part.*

Ça devient très récréatif! (*Haut.*) Eh bien !... oui!.. je vous aime !

JULIETTE.

Allons donc!..

DEUXIÈME COUPLET.

De votre obéissance
Voici la récompense !
(*Elle indique son cou. Gabriel l'embrasse.*)
Un baiser, je le pense,
Est permis entre nous.

GABRIEL.

Croyez à ma tendresse!...

JULIETTE.

Plus de feu ! plus d'ivresse !
(*Gabriel l'embrasse.*)
L'autre ange, je le confesse,
Embrasse bien mieux que vous.

JULIETTE.

Ah !... je vais aller chercher une personne qui sera enchantée de vous voir...

GABRIEL.

Qui donc ?

JULIETTE.

Ma tante !

GABRIEL, *à lui-même.*

Sa tante !... (*Haut, vivement.*) Mais non !... c'est inutile, je vous assure.

JULIETTE.

Si... si... laissez-moi faire.. attendez..(*Elle sort par la droite en appelant.*) Ma tante !...ma tante!

SCÈNE VIII.

GABRIEL.

Voilà une singulière aventure !... j'ai un duel.. malgré moi.. je tue mon adversaire.. malgré moi.. les gendarmes me poursuivent.. toujours malgré.. je me sauve... j'escalade le mur... je me réfugie dans ce parc... et là, je retrouve une jeune fille charmante que je me souviens avoir vue au couvent, il y a trois mois... et dont je me suis même amusé à croquer les traits... (*Ouvrant un portefeuille.*) En effet... la voilà... Grâce à ma ressemblance avec le tableau du maître-autel elle me prend pour un ange... Gardons-nous de la détromper... Ah ! oui... Mais il y a une tante, qui n'a peut-être pas été élevée d'une façon aussi mystique.. et qui pourrait bien m'envoyer à tous les... On vient...C'est elle, sans doute... A tout hasard cachons-nous...

SCÈNE IX.

MADAME DALBY, ÉMILE**.

MADAME DALBY.

Eh vite ! Eh vite ! mon ami, nous n'avons pas un instant à perdre !.. toutes les issues sont gardées... et les paysans des environs se réunissent en ce moment dans la cour du château pour faire une battue... vous ne pouvez fuir... si vous sortez, on va vous voir.. et que dira le monde ?..

ÉMILE.

Je suis désolé des embarras que je vous cause.. que faire ?

MADAME DALBY.

Vous cacher jusqu'à ce que la campagne soit libre.

ÉMILE.

C'est cela, cachez-moi au château, seulement jusqu'à demain.

MADAME DALBY.

Au château, c'est impossible... Ah ! dans ce pavillon, on n'y entre jamais.

' E., D.

'' D., J.

ÉMILE.

Très bien... mais je dois vous faire un aveu,. je me suis mis en route au point du jour, et depuis ce matin...

MADAME DALBY.

Vous n'avez rien pris... Oh ! pauvre ami... ne craignez rien... grâce à cette porte qui fait communiquer le pavillon avec le château, je pourrai vous servir moi-même.

ÉMILE, *lui baisant la main.*

Merci !...

(*Madame Dalby sort à droite, derrière le pavillon, Émile rentre dans le pavillon.*)

SCÈNE X.

GABRIEL, puis JULIETTE.

GABRIEL, *il est entré pendant la sortie de la tante et il l'a entendue sans être vu.*

Très bien ! voilà donc l'ange de la tante !... Ah ! le gaillard est mieux traité que moi... on le met à à l'abri... on lui sert à souper, tandis que moi, je reste en plein air... et je meurs de faim... comme lui... car en les entendant mon appétit s'est réveillé...

Air : *A l'âge heureux,* etc.

Je le confesse, la frayeur
D'abord l'avait fait disparaître ;
Mais voilà qu'avec plus d'ardeur
Tout à coup il vient de renaître.
Et, comme l'autre, en cet instant,
J'aurais besoin d'une main secourable ;
(*Juliette entre par la droite.*)
Je suis un ange... et, pourtant,
Je ressens une faim de diable.

JULIETTE.

Hein !.. vous dites...

GABRIEL, *à part.*

Oh !

JULIETTE.

Vous avez faim ?

GABRIEL.

Vous avez entendu ?.. Eh bien ! oui... Mademoiselle... une faim féroce... je le confesse...

JULIETTE.

En vérité !..

GABRIEL, *reprenant.*

Je le confesse.

JULIETTE.

Eh bien ! ça vous regarde...

GABRIEL, *à part.*

Que veut-elle dire ?

JULIETTE.

Faites-vous servir... avec un pouvoir comme le vôtre... Est-ce que je vous gêne... je m'en vais,..

GABRIEL, *la retenant.*

Non, non, au contraire... je vous avouerai même que sans votre aide.. il ne me sera pas possible...

JULIETTE.

Ah ! je conçois...... vous voulez que je vous serve... volontiers... Allons, voyons, faites apporter votre soupe.

GABRIEL, *avec embarras.*

Que je fasse apporter...

JULIETTE, *regardant en l'air.*

Je suis curieuse de savoir par où ça va venir !

GABRIEL, *même jeu.*

Moi aussi, je serais curieux de savoir...

ÉMILE, *poussant les volets du pavillon.*

Tout le monde est rentré au château... Je crois que ce que j'ai de mieux à faire, c'est de me mettre à table... (*S'asseyant.*) Soupons !.. (*Bruit de fourchette dans le pavillon.*)

JULIETTE.

Chut !

GABRIEL.

Quoi ?..

JULIETTE.

Il vient...

GABRIEL.

Qui ?..

JULIETTE.

Votre souper... Ne sentez-vous pas un parfum de volaille ?..

GABRIEL, *à part.*

Il dévore... l'antropophage ! (*Bruit de bouchon dans le pavillon.*)

JULIETTE.

Un bouchon qui part... du champagne... mais c'est là... (*Elle se dirige vers le pavillon et tourne la clé dans la serrure.*)

ÉMILE, *se levant vivement et se cachant.*

On vient... cachons-nous.

JULIETTE, *ouvrant la porte du pavillon.*

C'est prodigieux ! Vous êtes servi.

GABRIEL, *étonné, entrant dans le pavillon.*

Qui ? moi ?... Ma foi ! tant pis pour l'autre !... profitons de la circonstance !

JULIETTE, *qui l'a aidé à tirer la table du pavillon.*

Là !.. maintenant asseyez-vous. Voyez, on a même pris soin de vous découper une aile...

ÉMILE, *à part, avec dépit.*

Comment ! on dispose de mon souper !...

GABRIEL, *élevant un peu la voix et se penchant vers le pavillon.*

En effet... c'est très délicat... et j'en remercie qui de droit.

ÉMILE, *à part.*

Il me raille !

GABRIEL, *buvant.*

On s'est aussi donné la peine de déboucher le champagne !

ÉMILE, à part.

Oui !.. c'est moi qui.. Et dire qu'il faut assister à une pareille scène, l'estomac vide !..

JULIETTE, à part.

Je voudrais bien savoir pourtant comment tout cela est venu. (Elle se retourne et aperçoit Émile à la fenêtre du pavillon.) Ah ! (Musique à l'orchestre jusqu'après l'entrée d'Émile.)

GABRIEL.

Qu'est-ce donc ?

JULIETTE.

C'est l'ange de ma tante qui vous a apporté ce souper.

GABRIEL.

Ah !.. c'est lui...

JULIETTE.

Il est là !...

GABRIEL.

Ah ! il est là ?..

JULIETTE.

Et vous ne l'invitez pas ?..

GABRIEL, à part.

Au fait... ça lui est bien dû...

JULIETTE.

Attendez... je vais le chercher... (A Emile, ouvrant la porte du pavillon.) Venez, mais venez donc, est-ce que je vous fais peur ?

~~~~~~

SCÈNE XI.

JULIETTE, GABRIEL, ÉMILE *.

ÉMILE, à part.

Tâchons de savoir ce que tout cela signifie.

JULIETTE, plaçant une chaise en face de Gabriel.

Mettez-vous là... vous serez en famille... (Ils se saluent et s'asseyent.)

ÉMILE, étonné.

En famille !

GABRIEL.

Sans doute, mon frère.

ÉMILE, à part.

Quelque mystification, si je ne craignais de compromettre Marie... Allons toujours...

GABRIEL.

Permettez-moi de vous découper l'autre aile... (Il la lui présente ; Émile remercie en saluant très froidement ; Gabriel lui rend son salut.) De vous verser à boire... (Il lui verse du champagne. Même jeu du salut.)

JULIETTE.

Si l'on pouvait me voir en aussi sainte compagnie... Ils dévorent.

AIR : de sommeiller encor, ma chère.

Vraiment, plus je les examine,
Plus j'éprouve d'étonnement.

GABRIEL.

Malgré notre essence divine
Notre appétit est excellent.

* J., E., G.

JULIETTE.

On croirait voir...

ÉMILE.

Deux gastronomes.

GABRIEL.

Quand de là haut, nous sommes descendus,
Oui, nous mangeons comme les autres hommes.

JULIETTE.

Oh ! non, vraiment, vous mangez encor plus...

GABRIEL.

C'est possible... mais c'est seulement sur la terre.

JULIETTE.

Là-haut, vous ne vivez que de contemplations.

GABRIEL, la bouche pleine.

Absolument... que de contemplations.

ÉMILE, à part.

Qu'est-ce que tout cela veut dire ?..

GABRIEL, à Émile.

Vous ne buvez pas, mon frère.

ÉMILE, à part.

Toujours la même mystification...(Il tend son verre, échange de saluts.)

GABRIEL.

N'entendez-vous pas...

JULIETTE.

Quoi donc?

GABRIEL.

On marche de ce côté...

JULIETTE, remontant.

C'est ma tante !

GABRIEL.

Votre tante ?...

JULIETTE.

Elle vient par ici !

ÉMILE.

De la prudence !

GABRIEL.

Sauve qui peut !.. (Il se sauve à gauche, tandis qu'Émile se réfugie dans le pavillon. Cette fin de scène a été assez vivement exécutée pour que Juliette ne les aperçoive pas.)

JULIETTE, se retournant et se levant vivement.

Tiens... ils sont partis. Bien! c'est ma tante qui leur a fait peur.

~~~~~~

SCÈNE XII.

MADAME DALBY, JULIETTE *.

MADAME DALBY.

Ici, Juliette, quand je te croyais au château...

JULIETTE.

Est-il possible, ma tante, que vous arriviez ainsi ?.. vous les avez effrayés...

MADAME DALBY, apercevant la table.

Cette table ! (A part.) Ah ! mon Dieu.

JULIETTE.

Il est venu, ma tante... il est venu... comme le vôtre...

MADAME DALBY, troublée.

Qui ?..

* J., D.

JULIETTE.

Mon bon ange.

MADAME DALBY.

Où ?

JULIETTE:

Là.

MADAME DALBY, à part.

Elle aura vu Émile. (Haut). Ton ange !

JULIETTE.

Oui, ma tante, mon ange...

MADAME DALBY.

Et quelle forme avait-il ?

JULIETTE.

Comme le vôtre...

MADAME DALBY.

Il t'a parlé ?

JULIETTE.

Oui, ma tante... il s'est mis à genoux... il m'a
embrassé... toujours comme le vôtre.

MADAME AALBY.

Et ensuite ?

JULIETTE.

Ensuite... il a soupé...

MADAME DALBY.

Et tu as soupé avec lui ?..

JULIETTE.

Oh ! non... je ne me serais jamais permis...

MADAME DALBY.

Mais ces deux couverts ?..

JULIETTE.

Étaient pour lui... et son frère...

MADAME DALBY.

Comment ! ils étaient donc deux ?

JULIETTE.

Sans doute, ma tante... le vôtre et le mien...
ils ont soupé ensemble.

MADAME DALBY.

Ensemble !..

JULIETTE.

Ça vous étonne... si vous saviez comme ils
mangent.

MADAME DALBY.

Mais où sont-ils ?...

JULIETTE.

Là, dans ce pavillon... j'ai vu la porte se fer-
mer... vous êtes arrivée si brusquement que vous
leur avez fait peur...

MADAME DALBY, allant vers le pavillon.

Il faut que je sache...

~~~~~~

SCENE XIII.

LES MÊMES, JACQUES, PAYSANS armés*.

JACQUES.

Par ici... par ici, vous autres.

MADAME DALBY, à part.

Bien ! voici Jacques à présent...

JACQUES.

Ah ! nous allons en avoir raison... c'est vous,

* J., madame D., J.

Madame... Jean dit avoir aperçu de la colline
deux hommes dans le parc, atablés... et soupant
fort tranquillement... (Apercevant la table.) Eh
mais... voilà justement la table... (Il la met de
côté.)

MADAME DALBY.

On s'est trompé... c'était Juliette... et moi.

JACQUES.

Oh ! du tout... Madame.

MADAME DALBY.

Mais il me semble...

GABRIEL, à gauche, derrière une charmille.

La tante craint les explications.

JACQUES.

On ne saurait prendre trop de précautions... et
d'abord, nous allons visiter ce pavillon.

MADAME DALBY, très troublée.

O mon Dieu !

JULIETTE bas à sa tante qu'elle retient.

Ne tremblez donc pas, ma tante ; ils ne ris-
quent rien... ils se rendent invisibles à volonté...

JACQUES, entrant dans le pavillon.

Personne !

JULIETTE, bas à sa tante.

Quand je vous disais...

DALBY, à part.

Qu'est-ce que cela veut dire ?...

JACQUES, sortant du pavillon.

Je suis pourtant bien sûr... Qu'est-ce que c'est
que ça ?... (Il ramasse un portefeuille que Gabriel
a laissé tombé.) Un portefeuille... ils ne sont pas
loin... (Aux paysans.) Cherchez par là... (Ils
s'éloignent.)

GABRIEL, à part.

Oh ! maladroit ! pourvu qu'on ne l'ouvre pas...

MADAME DALBY, à part, troublée.

A Émile... peut-être...

GABRIEL, à part.

Aïe !

JACQUES, l'ouvrant.

Un portrait de femme... je le reconnais...

MADAME DALBY, à part.

Grands Dieux ! (Elle fait un pas pour prendre
le portefeuille des mains de Jacques.)

JACQUES.

C'est Mams'elle Juliette !

JULIETTE.

Moi ! (Elle prend le portefeuille.)

GABRIEL, à part.

Ça devient grave.

(Ici, Emile reparaît dans le pavillon.)

JULIETTE.

Voyez donc,*... ma tante, mon portrait. Quelle
attention délicate... c'est lui qui me l'envoie.

JACQUES.

Qui lui ?...

* G., Jul., J., madame D.

** J., Jul., madame D., E.

JULIETTE.

Des notes... (*Madame Dalby apercevant Emile à la fenêtre du pavillon cause bas avec lui, pendant les répliques suivantes.*)

JACQUES.

Lisez, Mam'selle.. ça nous mettra peut-être sur la voie...

JULIETTE.

Les tablettes d'un ange... ça doit être curieux.

JACQUES, *étonné.*

Un ange !

JULIETTE, *lisant.*

Gabriel Séraphin. (*Parlé.*) Son nom et sa qualité.

ÉMILE.

Séraphin.

MADAME DALBY, *à part, revenant en scène.*

Séraphin ! un ami de Darmont !

(*Ici Emile sort du pavillon et se cache à droite.*)

JULIETTE.

Rue de Paradis.

MADAME DALBY.

Naturellement.

JULIETTE.

Tiens! des signes mystérieux.. non, ce sont des chiffres... un mémoire de tailleur.

GABRIEL, *à part.*

Me voilà bien !

JULIETTE, *avec étonnement et tristesse.*

Ma tante, il fait des dettes...

MADAME DALBY, *souriant.*

En vérité !

GABRIEL, *à part.*

Bah!.. qui n'en fait pas?...

JACQUES, *ramassant un billet qui est tombé du portefeuille.*

Un petit papier azuré.

JULIETTE.

Il embaume l'encens... Une prière, sans doute !

Le bruit que fait un ange en déployant ses ailes.

GABRIEL.

Tiens! les vers que j'avais faits à son intention!

JULIETTE.

Les célestes concerts des voûtes éternelles
Dans les vapeurs du soir.

JACQUES.

Ecrit-il ce paroissien-là...

JULIETTE.

C'est gentil?

GABRIEL, *à part.*

Gare la chute !

JULIETTE, *lisant.*

Tous ces plaisirs si doux qu'a chantés le poète,
Valurent-ils jamais, charmante Juliette.

Mon nom!..(*Elle porte les yeux sur le papier, paraît étonnée et lit prosaïquement le dernier vers.*)

Un seul baiser sur ton œil noir.

MADAME DALBY, *vivement.*

Assez... donne-moi ce portefeuill.

GABRIEL, *à part.*

Le dernier vers a tout gâté...

MADAME DALBY.

Jacques.. on sonne à la grille; vois, qui ce peut-être.

JACQUES.

J'y cours, Madame, j'y cours.(*A lui-même.*) Ton œil noir ! il la *tuteye*, il la *tuteye* !

SCÈNE XIV.

LES MÊMES, *excepté* JACQUES *.

MADAME DALBY, *après s'être assurée que Jacques s'est éloigné.*

Écoute-moi, Juliette... car il est grand temps de tout te dire...

JULIETTE.

Comment ?...

GABRIEL, *à part.*

Gare les explications...

MADAME DALBY.

Lorsque, ce matin, je t'ai dit que la personne que tu avais surprise avec moi était un ange, je t'ai trompée.

ÉMILE, *à part.*

Ah! j'y suis !...

MADAME DALBY.

Je désirais cacher sa présence au château, et j'ai saisi le premier prétexte qui s'est offert à moi.. Cette personne était un jeune avocat... M. Émile Darbois ! que j'aurais épousé déjà si des circonstances particulières ne m'obligeaient à rester veuve un an encore...

JULIETTE.

Je sais... cette clause du testament qui vous ruinerait au profit de ce méchant cousin dont je vous ai entendu parler...

GABRIEL, *à part.*

Comment! elle ignore la mort de Darmont !.. les rôles vont changer.

MADAME DALBY.

Quant à la personne qui n'a pas craint d'abuser de ta crédulité...

JULIETTE, *l'interrompant.*

Oh ! pour celle-là, ma tante... c'est bien un ange! et je vous assure que vous avez tort de mettre son pouvoir en doute...

MADAME DALBY.

Je ne le mets point en doute... je le nie positivement.

GABRIEL, *derrière la charmille.*

Vous niez mon pouvoir...

JULIETTE, *bas à sa tante.*

Il est fâché! (*Elle recule effrayée et pendant tout le reste de la scène se tient la tête baissée,*

* G., madame D., J., E.

les mains jointes, se rapprochant peu à peu de sa tante.)

GABRIEL.

Vous lui devrez votre bonheur... Que signifie...
Darmont n'est plus!..

MADAME DALBY.

Oh! c'est trop fort!.. un pareil jeu!..

~~~~~~

SCÈNE XV.

LES MÊMES, JACQUES*.

JACQUES, *accourant.*

Madame... Madame... grande nouvelle... une
lettre de votre notaire... l'envoyé dit que c'est le
bonheur.

JULIETTE.

Le bonheur!

JACQUES.

Oui, dans c'te lettre.

JULIETTE.

Lisez vite!

MADAME DALBY, *lisant, à part.*

« Le codicile du testament de M. Dalby est an-
nulé... Darmont a été tué dans un duel avec
M. Gabriel Séraphin. » *(Parlé.)* Le jeune homme
au portefeuille... oh! je comprends tout.

JULIETTE.

Eh bien, ma tante ?..

MADAME DALBY.

Cette lettre m'annonce, en effet, la mort de
M. Darmont.

GABRIEL, *à part.*

Elle ne pouvait arriver plus à propros... mon-
trons-nous.

JULIETTE.

Voyez-vous, ma tante... quand je vous disais
qu'il sait tout !.. *(L'apercevant.)* Ah! le voilà !..
Pardonnez à ma tante un moment d'erreur.

JACQUES.

Tiens! mon jeune homme de la ferme!.. un vé-
ritable artisse et non pas un incendiaire...

GABRIEL.

Quoi !.. ces poursuites...

JACQUES.

N'étaient pas pour vous...

MADAME DALBY.

J'ai tout compris, Monsieur... je vous excuse,
car je vous devrai peut-être le repos... mais vous
sentirez qu'il m'est impossible de vous retenir
plus longtemps au château**.

JULIETTE.

Vous le renvoyez !.. *(A elle-même.)* Ma tante
finira par s'attirer quelque mauvaise affaire.

GABRIEL.

Je me retire... mais du moins, Madame, me
sera-t-il permis de me représenter pour vous demander la main de Mademoiselle votre nièce...

* G., madame D., J., Jul.
** G., madame D., Jul., J.

JULIETTE, *avec étonnement.*

Il me demande en mariage !

MADAME DALBY.

La main de ma nièce.

GABRIEL.

Que j'ai vue au couvent, il y a trois mois, et
que j'aime depuis ce moment.

MADAME DALBY*.

C'est à Juliette à vous répondre.

JULIETTE, *vivement.*

Moi !.. je refuse.

GABRIEL.

Qu'entends-je ! vous qui prétendiez m'adorer.

JULIETTE.

Oui... et je vous adorerai toujours... mais je ne
veux épouser qu'un simple mortel... mon ambition
ne va pas plus loin...

MADAME DALBY.

Eh bien, sois satisfaite... car Monsieur n'est
qu'un ange déchu qui.se bat en duel... *(Elle re-
met la lettre à Juliette.)* Et fuit devant la gendar-
merie...

JULIETTE.

Qu'entends-je ?.. *(A Gabriel.)* Comment, Monsieur, vous n'êtes pas...

GABRIEL**.

Non, Mademoiselle...

JULIETTE, *avec pudeur.*

Ah! qu'ai-je fait ?..

ÉMILE, *qui s'est approché de madame Dalby.*

Mais c'est tout un roman!

MADAME DALBY.

Dans lequel, sans le vouloir, je vous ai fait
jouer le rôle...

JULIETTE.

De l'ange de ma tante!

ENSEMBLE.

Du bonheur, doux présage!
Que dans cet heureux jour
Un double mariage
Couronne un double amour.

JULIETTE.

Air de *mademoiselle Garcin.*

C'est vainement que notre esprit s'élève,
Un moment vient et nous apprend, hélas !
Que nous étions le jouet d'un beau rêve,
Puis, on retourne aux choses d'ici-bas.
Lorsque là-haut, par un caprice étrange,
Mes deux auteurs avaient fait un appel,
Prouvez-moi tous, Messieurs, qu'au lieu d'un ange,
C'est un succès qui m'est tombé du ciel !

ENSEMBLE.

Du bonheur, etc.

* G., madame D.
** E., madame D., G., Jul., J.

FIN.

LAGNY. — IMPRIMERIE DE GIROUX ET VIALAT.

www.ingramcontent.com/pod-product-compliance
Lightning Source LLC
Chambersburg PA
CBHW061426170626
46811CB00005B/2144